I0686498

INVENTAIRE
Ye 19,737

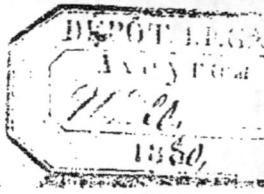

ACADÉMIE DES MUSES SANTONES

Victor DELBERGÉ,

Elève d'Administration des Bureaux de l'Intendance militaire.

MES BAISERS

DE

VINGT ANS

POÉSIES

RODEZ

IMPRIMERIE H. DE BROCA, BOULEVARD SAINTE-CATHERINE, 1.

—

1880

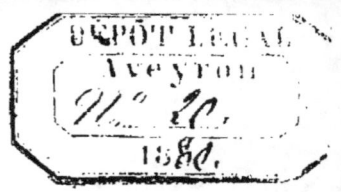

ACADÉMIE DES MUSES SANTONES

Victor DELBERGÉ,

Elève d'Administration des Bureaux de l'Intendance militaire.

MES BAISERS

DE

VINGT ANS

POÉSIES

RODEZ

IMPRIMERIE H. DE BROCA, BOULEVARD SAINTE-CATHERINE, 1.

—

1880

Y2

A

MA BONNE MÈRE

JE

Dédie ce livre.

Victor DELBERGÉ.

PRÉFACE

Depuis déjà longtemps ces vers, que je te livre aujourd'hui lecteur, dormaient oubliés dans mon humble tiroir. C'étaient des rêves de jeunesse, des fleurs, et des baisers. Je croyais les avoir oubliés pour toujours et ne jamais les revoir, « L'homme propose, Dieu dispose. » J'allais avoir 20 ans, pour fêter mon anniversaire j'écrivis cette petite pièce de vers dédiée à ma bonne mère, que tu liras plus tard lecteur, si toutefois mon livre ne te fatigue pas. Je repris ces pauvres vers, je rassemblai ces feuilles éparses, et je les relus avec plaisir ; j'en formai un tout petit volume, et ma plume suivant les caprices de mon esprit rêveur, écrivit en grosses lettres sur une belle page blanche :

MES BAISERS DE VINGT ANS.

J'ai consacré ce petit livre à tous ceux qui m'aimaient ; à ceux qui me voyant près de tomber m'ont tendu la main. Je pouvais leur dire un seul mot « Merci », j'ai préféré leur répondre par ma devise :

J'aime qui m'aime.

V. DELBERGÉ.

AU LECTEUR

En ouvrant ce livre j'hésite ;
Lecteur, sois pour moi complaisant.
Ne me condamne pas trop vite,
Ce sont les baisers d'un enfant.

Rodez, le 1ᵉʳ octobre 1879.

MES BAISERS

SONNET

A Mlle Lûcie Planques.

Tous ces baisers de ma jeunese,
Je te les offre avec un cœur
Brûlant d'amour et de tendresse,
Heureux s'ils te portent bonheur !

Prends-les, c'est toute ma richesse,
Qu'un « Baiser » calme une douleur,
Et que ta bouche de déesse
M'accorde le prix du vainqueur.

Car c'est pour toi que sur ma lyre,
Mon âme amoureuse s'inspire,
Et tire des accents si doux.

Dans un « Baiser » mon cœur s'envole,
Ma muse chante son idole,
Et lui dit tout bas : « Aimons-nous. »

Août 1879.

RÉVEIL

A MM. les Membres de l'Académie des Muses Santones.

Ma muse s'était endormie,
Mais restait toujours prés de moi.
C'était ma meilleure amie,
Vous avez dit : « Réveille-toi »
Et ma pauvre Muse tremblante,
Cherchant sa lyre et ses chansons,
Fit retentir bois et vallons
De sa petite voix vibrante.

Août 1879.

A UNE VILLENEUVOISE

A M. Auradou, Ulysse.

Que j'aime ton joli foulard
Villeneuvoise si coquette,
Et si gentille et si proprette,
De ton cœur je voudrais ma part.
Que j'aime ton joli foulard.

Et ton charmant petit sourire,
Tes cheveux noirs, tes beaux yeux bleus,
Mais, hélas ! j'aime encore mieux
Un doux baiser. Faut-il le dire,
Et...... ton charmant petit sourire.

Que j'aime ton joli minois,
Lorsque, trépignant de colère,
Tu fronces les sourcils, ma chère.
Je l'ai regardé bien des fois.
Que j'aime ton joli minois.

Cette colère que j'adore,
Je saurai bientôt la calmer,
Quoique jeune je sais aimer,
Surtout un baiser frais, sonore.
Je suis Villeneuvois encore.

CE QUE J'AIME

A Mlle L. P.

J'aime le bruit du vent dans les feuilles du chêne,
Le chant du rossignol et cette voix lointaine
Du pâtre ramenant au logis ses moutons.
J'aime à voir sautiller fiers et levant la tête
Tous ces petits oiseaux volant le grain que jette
Le pauvre laboureur au milieu des sillons.

J'aime, lorsque la nuit étend ses sombres voiles,
A contempler, rêveur, ces nombreuses étoiles,
Petits soleils collés sur un manteau d'azur.
J'aime ce doux parfum des violettes cachées,
Peut-être dans le jour ma main les eût fauchées,
Mon regard s'est perdu dans ce beau clair-obscur.

J'aime dans les prés verts ces beaux ruisseaux limpides,
Ces fleurs levant au ciel leurs corolles humides,
Embaumant les vallons d'une douce senteur.
J'aime dans le lointain cette lampe isolée,
Perçant de ses rayons la campagne voilée,
Et parfois du travail timide accusateur.

Mais j'aime mieux, vois-tu L..., ton doux sourire,
Et tes petites mains et ta bouche où respire
Ce que voudrait cacher, je crois, ton jeune cœur.
Pour ne pas oublier ruisseaux et violettes,
Du pâtre, du paysan, les douces chansonnettes :
C'est là que nous irons chercher notre bonheur.

CE QUE DISAIENT LES MARGUERITES

A Mlle Victorine Delbergé.

Hier, consultant la marguerite,
Courbée à mes pieds doucement,
J'ai vu que je t'aimais petite,
Car la fleur a dit : « Constamment. »

Prenant une autre fleur plus belle,
Haletant et tendant le cou,
J'ai dit tout bas : « Parle pour Elle » ;
La fleur a répondu : « Beaucoup. »

Et j'embrassais la marguerite,
Courbée à mes pieds doucement.
Je l'embrassais pour toi petite,
La fleur avait dit : « Tendrement. »

Depuis j'ai pris des fleurs nouvelles,
Que j'ai jetées un peu partout ;
Les petites fleurs infidèles
Avaient répondu : « Point du tout. »

2

LA RISETTE

A ma petite Marie Casse.

Jadis belle, toute frisette,
Tu venais sur mes deux genoux.
Tu me montrais ta collerette,
Et riais de mon air jaloux.

Ta mère, te voyant sourire,
S'enivrait dans son doux amour,
Et voulant la part de ton rire,
Elle te prenait à son tour.

Mais de loin tes lèvres mutines
Me souriaient toujours, toujours...
Où sont vos chansons enfantines,
Joyeux enfants, jolis amours !

Venait la nuit, dans ta chambrette
Tu souriais pour le bonsoir,
Et ta main si blanche et finette
S'agitait pour dire : « au Revoir. »

Puis ta bouche si mignonnette
Réclamait sa part du butin,
Et tu demandais, ma frisette,
Le baiser du soir au matin.

Alors tu t'endormais tranquille,
Et ta mère, d'un air jaloux,
Auprès de ton berceau mobile,
Veillait sur toi, priait pour nous.

Mars 1879.

RÊVERIE

A Mlle Lucie P.

Aux doux baisers d'hier lorsque mon âme rêve,
    Je t'aperçois devant mes yeux.
Je vois ton doux regard, ta bouche fille d'Eve,
    Et tes sourcils longs et soyeux.

Et ta petite main qui sur mon bras se pose,
    Et ton cou si mignon, si blanc,
Et dans tes noirs cheveux le pavot et la rose
    Placés par une main d'enfant.

Ta bouche me sourit, tes yeux disent : « je t'aime »
    Et bientôt sur mon front brûlant
Je sens un doux baiser. Ah ! dans un rêve même
    Il est aussi doux qu'enivrant.

Et bien pour m'éveiller je te demande encore,
    Un de ces gros baisers d'amour.
Ma bouche en aspirant ce souffle que j'adore
    Te dira mes rêves d'un jour.

Juillet 1879.

VISION

A petite sœur Elodie, morte à 18 mois.

Souvent dans mes rêves je vois
A mes côtés un petit ange.
Son sourire me semble étrange,
Et je le regarde parfois.

Petite sœur, c'est ton sourire,
Tes jolis yeux, ta blanche main.
Viens-tu me montrer le chemin,
Et faudra-t-il bientôt te suivre?

Vois! le temps passe et tout s'enfuit.
Laisse ma main presser la tienne.
Que ta couronne soit la mienne,
Oh! mon bel ange, cette nuit!

Protége-moi par la prière
Lorsque le rêve va finir,
Toi qui n'a pas voulu mourir
Sans embrasser ton petit frère.

SOUVENIR

A ma sœur Victorine.

> Emporte lui mon souvenir
> Et rapporte moi l'espérance .

Tu m'as envoyé pour emblême,
L'Espérance et le Souvenir.
L'un me disait : « Frère, je t'aime » ;
L'autre, me parlait d'avenir.

Sous les grands bois dans la vallée
Souvent j'ai rêvé ces doux mots.
Souvent ma face était voilée.
Par les pleurs et par les sanglots.

Mais devant moi, c'était l'enfance ,
Au loin se trouvait l'Avenir,
Je t'enverrai donc l'Espérance ,
Mais garderai ton Souvenir.

Mars 1876.

UNE PROMENADE

AUX ENVIRONS DE RODEZ

A M. Emile Roquelaure.

Bardes des champs de la vallée
Jolis oiseaux sous la feuillée
   Et belles fleurs.
Petite et blanche paquerette
Parle pour moi, mais sois discrète
   Devant mes pleurs.

Que d'amour dans cette nature,
Que de rayons dans un soleil.
Qu'elle est belle cette verdure,
Que de trésors sous ce beau ciel.
Si près de toi sur ce feuillage,
Ma main pressait ta blanche main,
Si je mettais à ton corsage
La marguerite du chemin,
Je te dirais si bien je t'aime,
Après l'avoir dit tant de fois.
Que ta bouche dirait de même
Devant les fleurs, les prés, les bois.

Bardes des champs de la vallée,
Jolis oiseaux sous la feuillée
    Et belles fleurs ,
Chantez, je ne suis plus inquiète,
Marguerite soyez discrète.
    Cessez mes pleurs.

Le lièvre tranquillement broute
Et va sautillant devant nous,
Nous continuons notre route,
L'air est si pur, le ciel si doux,
La source et son joli murmure,
Les oiseaux, leurs timides chants,
Des fleurs, la brillante parure,
Nous rendent joyeux et contents.

Bardes des champs de la vallée,
Jolis oiseaux sous la feuillée
    Et belles fleurs,
Laissez-nous achever la fête,
Et pour qu'elle soit plus complète,
    Charmez nos cœurs.

Car là-bas, vers l'humble chaumière,
Dans un joli petit berceau,
Un enfant dort. Sa bonne mère
Vient voir son sourire si beau.

Il dort, mais à son chevet veille
En souriant l'ange gardien.
Chut ! pas de bruit, l'enfant sommeille.
Partons vite, qu'il dorme bien.

En attendant dans la vallée,
Jolis oiseaux sous la feuillée
    Et belles fleurs ,
Venez au bord de la chambrette,
Si l'enfant pleure et qu'il s'inquiète
    Séchez ses pleurs.

Voici l'arbre que je préfère ;
Son fruit nous charme chaque jour.
Son symbole n'est pas « Espère »
C'est l'arbre du jardin d'amour.
Joli pommier sous tes ombrages
Que de fois nous venions enfants,
Croyant toujours être bien sages,
Mordant tes pommes à belles dents.

Bardes des champs de la vallée,
Jolis oiseaux sous la feuillée
    Et belles fleurs,
Pomme d'amour, pomme reinette,
Que je mange ou bien que je jette,
    A vous mon cœur.

En revenant vers la chaumière,
L'enfant venait de s'éveiller ;
Mais les oiseaux dans la bruyère
Chantaient encor pour l'égayer.
L'enfant apercevant sa mère,
Agita ses petites mains,
Salut béni, douce prière,
Tu fais passer bien des chagrins.

Bardes des champs de la vallée,
Jolis oiseaux sous la feuillée
  Et belle fleur,
Là-bas tout près de la chambrette
Venez toujours, et s'il s'inquiète
  Chantez en chœur.

Tous étaient gais quand sur la route
De pauvres petits bohémiens
Traînaient au loin, coûte que coûte,
Aidés par deux énormes chiens,
Un lourd chariot, piètre fortune,
Hommes, femmes, tous s'y plaçaient,
Aussi, devant cette infortune,
Les oiseaux mêmes se taisaient.

Bardes des champs de la vallée,
Jolis oiseaux sous la feuillée,
    Et belle fleur,
Ne chantez plus ; la pauvre bête
Qui traînait la lourde charrette,
    Là-bas se meurt.

Au moulin tout près de la côte,
Alerte, la meunière attend
Le rude pêcheur qui lui porte
Ces poissons dont il est friand.
En jupon court la jeune mère
A bientôt fait notre repas,
Poulets, bon vin et bonne chère,
Sont là qui nous tendent les bras.

Bardes des champs de la vallée,
Jolis oiseaux sous la feuillée
    Et belle fleur,
Chantez pour achever la fête,
A la santé de la fillette,
    Buvons en chœur.

Le soir rentré dans ma chambrette,
Je vois mon lit douillet et blanc ;
Je le contemple et je m'y jette.
Bientôt mon esprit va rêvant :

Je revois le lièvre qui saute,
L'enfant, les pommes et, pour finir,
Le moulin tout près de la côte.
Adieu ! Bonsoir ! Je vais dormir.

Septembre 1879.

HORIZON

A Mlle L. P.

Sur notre côte de Plaisance
Se trouve ma vigne, je crois,
Où, si j'ai bonne souvenance,
A vous, j'ai rêvé bien des fois.

Dans le vert châlet qui domine
J'ai lu mes auteurs favoris,
J'étais le roi de la colline,
Je m'y vois encor et souris.

Je me plaçais à ma fenêtre
Et je voyais aux alentours,
La verdure prête à renaître,
Les ruisseaux suivre leurs contours.

Le Lot coulait ses eaux tranquilles,
Traversant, tout fier de son choix,
La grisette des belles villes,
Ce sol des gais Villeneuvois.

3

Je voyais de notre village
Le clocher superbe et luisant,
De ma maison le beau treillage
Où j'avais grimpé si souvent.

De tous côtés des tours anciennes :
Pujols, Teyssonnat et Poulin,
Au loin, dans les brumes lointaines,
Quelques restes de vieux moulin.

J'abandonnais alors Plaisance ;
Je n'avais pu trouver, je crois,
Cette maison où dans l'enfance
Nous avions aimé tant de fois.

J'AI CRU MOURIR

A M. Carlo.

J'avais aimé comme une pauvre folle,
Je t'aime encor, malgré tous tes refus.
Mon cœur brisé reconnaît son idole,
Le tien pour moi ne battra jamais plus !
En me quittant si tu versas des larmes,
Dieu seul hélas a pu les découvrir.
Et lorsqu'enfin tu méprisas mes charmes,
　　　J'ai cru mourir !

J'ai cru mourir quand de ta main glacée,
Sans nul souci tu me dis « au revoir ».
Que t'importait ma jeunesse passée
Auprès de toi lorsqu'arrivait le soir.
Ayant vidé la coupe de l'ivresse,
Et brisé tout jusqu'à mon avenir,
Tu préféras à l'amour la richesse.
　　　J'ai cru mourir !

J'ai cru mourir, quand à l'autel parée
Tu mis l'anneau à sa tremblante main,
Quand au mépris de notre foi jurée
Tu disais « Oui » te fiant au destin.
Au bénitier de la sainte chapelle,
Je me plaçai pour mieux te voir sortir ;
Tes yeux jaloux ne regardaient qu'Adèle,
J'ai cru mourir !

Janvier 1878.

PRÈS D'UN BERCEAU

A M. de Neymet,
Chef de Bataillon au 139ᵉ de ligne.

MARTHE :
Je suis mère !
DANIEL :
La France est une mère aussi !

François Coppée.   *(Fais ce que dois.)*

Quand sur tes deux genoux, ton joli bébé rose
S'endormait doucement, que la chambrette close
    Te cachait à tout curieux,
Bonne mère, crois-tu que dans ton doux sourire,
Dans tes yeux pleins d'amour il ne savait pas lire,
    Lui, qui voit tout du haut des cieux.

Quand près de son berceau, pour finir la veillée,
Tu travaillais gaiement, que sa mine éveillée
    Demandait le baiser du soir,
Mère, tu l'embrassais, puis fermant sa paupière,
Tout près de son chevet tu disais ta prière,
    Et ton cœur s'ouvrait à l'espoir.

Tu priais pour ton fils, tu priais pour la France,
Tu voulais de son cœur éloigner la souffrance,

Tes mains se croisaient lentement.
Et, regardant la croix brillant sur sa poitrine,
Tu demandais à Dieu que sa grâce divine
    Veillât toujours sur ton enfant.

Puis, l'aiguille restait inactive à l'ouvrage,
Tu sondais l'avenir, entrevoyant l'orage
    Tu craignais pour l'adolescent.
Mouillant ses blonds cheveux des larmes d'une mère,
Tu terminais enfin ta fervente prière,
    Et l'embrassais bien doucement.

Mais le bébé n'est plus ; l'enfant grandit, espère,
La France sa patrie à sa noble bannière
    Ayant mis un long voile noir,
Sous ses funèbres plis il attend la vengeance,
Aimant son vieux drapeau, les couleurs de la France,
    Il veut encore les revoir.

Et puisque chaque jour ma mère bien aimée,
Après avoir fini la tâche accoutumée,
    Tu vas seule près du berceau
Où pour ton cher Victor tu disais ta prière,
Et fermais doucement sa petite paupière,
    Pensant à lui, pense au drapeau.

Mai 1879.

LA GRAND-MÈRE

Je voulais chanter mon pays,
Le petit bourg qui m'a vu naître,
Ma maîtresse et mes chers amis,
Mes tilleuls, ma maison peut être.
Jusqu'au nid de chardonneret
Placé dans mon humble parterre ;
Mais me sentant tout guilleret,
Lecteur, je vais chanter grand'mère.

As-tu déjà lu des romans
Où chaque feuille est illustrée,
As-tu vu de bonnes mamans,
Grondant la marmaille éplorée.
Dans quelques-uns as-tu pu voir
Une autre femme moins sévère ;
On l'attend pour conter le soir,
Lecteur, c'est la vieille grand'mère.

Feuilletant quelques pages encor,
Auprès d'un bon feu qui pétille,
Une petite femme endort
Le dernier né de la famille.

De ses deux mains faisant mouvoir
L'humble berceau de la chaumière,
Lis quelques lignes pour savoir,
Lecteur, que c'est bonne grand'mère.

Si tu venais dans ma maison,
Au petit bourg qui m'a vu naître,
Voir mon tilleul en floraison,
Je crois que tu verrais peut-être
Sous mes pauvres acacias vieillis,
Tout près de mon humble parterre,
La pauvre femme que tu lis,
Lecteur ; c'est ma bonne grand'mère.

Septembre 1879

AU CLAIR DE LUNE

A Melle L. P.

Dis moi, te souviens-tu de cette nuit charmante
Où tous les cinq perdus dans les près, dans les champs
Je guidais doucement ta marche chancelante,
Nous nous étions perdus, et nous étions contents.
Dans les verts peupliers, sur la cime des ormes,
Dans les chênes touffus, sur les sentiers fleuris
La lune se jouait et de gracieuses formes
Se balançaient gaiement. Est-ce vrai ? Tu souris ?

Dis-moi, te souviens-tu, lorsque ma bonne mère,
De ma petite sœur prenant la blanche main,
Marchait tout doucement et cherchant le chemin
En riant s'enfonçait dans les mottes de terre.

Uu rire fou, joyeux, éclatait malgré nous.
La lune se cachait et le gentil nuage
Du beau disque argenté en effaçant l'image,
Cachait tes beaux yeux noirs à mon regard jaloux.

Oh oui, tu t'en souviens, car nous vécumes un siècle,
Et cette nuit d'été nous la rêvons parfois ;

Ma sœur en folatrant, tu connaissais l'espiègle,
Chantait une bluette et riait de sa voix.
Nous nous taisions, L...., mais notre doux sourire
Semblait parler pour nous le langage d'amour,
J'étais jaloux de tout, de l'ombre, du zéphire
Caressant tes cheveux au déclin d'un beau jour.

UNE VISITE A TRIEUX

A M. et Mme Lacombe de Trieux.

J'ai visité TRIEUX et j'ai vu ses grands chênes,
Et sa *Lède* limpide, et tous ses larges frênes,
    Et ses vignes sur les coteaux.
J'ai gravi le sentier de la blanche colline
Et sous le chêne-vert qui se dresse domine,
    J'entendais chanter les oiseaux.

Tout respirait l'amour dans cette humble retraite,
Depuis le roitelet jusqu'à l'humble fauvette
    Qui se cache dans le buisson,
Depuis le rossignol au superbe ramage
Jusqu'à messire pic à l'orgueilleux plumage,
    Tous avaient la même chanson.

Et ces notes d'amour dont ma pauvre âme est pleine,
Moi je les comprenais sous les branches du chêne
    Et les oiseaux chantaient toujours.
Et dans le fond des bois la pauvre tourterelle
Par un « roucou » bien doux appelait auprès d'elle
    Le tendre objet de ses amours.

Et je rêvais alors à cette pauvre femme
Qui, bien souvent le soir près du foyer sans flamme,
    Priait pour son pauvre Victor.
Je rêvais à la fille humble, paisible, honnête,
Qui de sa douce voix, imitant la fauvette,
    Chantait et l'attendait encor.

Je descendis alors de la blanche colline
Me retournant pour voir le chêne qui domine,
    Ecoutant le chant des oiseaux,
Je revins à TRIEUX où j'ai vu ces grands chênes
Et la *Lède* limpide et tous ces larges frênes,
    Et ces vignes sur les coteaux.

J'AIME QUI M'AIME

A M. Thiers, sergent-fourrier au 139ᵉ de ligne.

Pourquoi donc petite fauvette,
Viens-tu chanter tous les matins,
Pourquoi donc de tes doux refrains
Me réveilles-tu ma Lucette.

Pourquoi voltiger devant nous,
Quand nous allons au bois ensemble,
Que de sa douce voix qui tremble
Elle dit : Victor, m'aimez-vous.

Tu te reposes quand mes lèvres
Sur ses yeux prennent un baiser
Je me baisse pour l'embrasser,
Et tes notes sont plus sonores.

C'est que dans la chambre « Elle » dort,
Dans les champs ce n'est plus de même,
Là je vous dis : « j'aime qui m'aime »
Là bas je dis : merci Victor.

Mars 1878.

AMOUR

A M. et Mme Mauroux.

J'aime l'amour dans les chaumières,
Près des enfants dans des berceaux.
C'est ainsi qu'ont aimé mes pères,
Je suivrai d'exemples si beaux.
Un doux baiser vous les réveille,
Un doux baiser vous les endort.
J'aime l'amour, l'enfant sommeille.
« Tais-toi, mon ami, pas si fort :
   Il crie,
   Il pleure.
   — Marie,
   Demeure,
Ton enfant demande ton sein ;
Adieu, ma femme bien-aimée,
Nous aimerons encor demain ;
Adieu.... ma paupière est fermée. »

SOUS LE CHALET

A Mlle Lucie P.

Les éclairs sillonnaient la nue ;
Ta petite main dans ma main,
Tu te cachais toute éperdue
Quand l'éclair paraissait soudain.

Mais moi saisissant son passage,
Lorsqu'il remontait vers les cieux,
Tremblant, je voyais mon image
Dans le miroir de tes yeux bleus.

Ma main alors pressait la tienne,
Mes lèvres recherchaient ton front.
Tes beaux cheveux d'un noir d'ébène,
M'effleurant, donnaient le frisson.

A ce contact mon cœur palpite,
Mes lèvres volent des baisers,
Mais ton joli front fuit bien vite.
Doux instants, trop vite passés.

4

Que je voudrais les voir encore,
Ces beaux sourcils, ces jolis yeux ;
Mais l'éclair qui brille et qui dore,
Disparaît dans le fond des cieux.

Adieu donc, belle fiancée,
L'heure a sonné, je dois partir,
Sur ton front ma lèvre posée
Te dit « Bonsoir » ; je vais dormir.

Août 1879.

A MON PETIT NEVEU

Petit Fernand, huit jours à peine,
Déjà du bruit dans la maison,
J'entends crier à perdre haleine,
Allons, finissez polisson,
Et tâchez d'être un peu plus sage.
Vous vous taisez, Monsieur Fernand,
Je le vois, vous êtes gourmand ;
Votre oncle l'était davantage.

DERNIER BAISER

A mes Lectrices.

Ayant donné toute son âme,
Ses chansons, sans aucun souci,
Lectrice, si vous êtes femme,
Le poète dira : « Merci. »
Mais, si vous êtes demoiselle,
Vous allez bien l'embarrasser.
Ne soyez pas jalouse d'Elle
Et prenez son dernier « Baiser. »

Octobre 1879.

MOUS POUTOUS

A mon Père.

Quand lou soulél sé lèbo et qué dins la naturo
Lou ritche, lou paysan, lous aousels et las flous
Bènoun lou saluda dins uno cansou puro,
You resti dins moun let, car n'ey plus mous poutous.

Tous poutous, mé diras, mais qués aco maynatzé
Un rayoun dé soulél al mitan dé l'hiber
Gueyto dounc sé zou bos, l'aousel, la flou, lou satzé
Crézés qué n'aymoun pas, mais sérion dounc dé fer.

Sé tchamay n'as sentit la poulido bouquetto
D'aquélo qu'as caousit sur toun frount ou tous els,
Tremblés, bènés palot, toun cur bat la retraitto
N'en bourios un, dux, trés et pus gros et pus bels.

Et surtout dé ta may dello qué t'embrassabo
Trento cinq cots per tchour, qué disi béléou cent.
Erés soun diou, soun tout, paouré pitiou t'aymabo
Et dé suito toun cur battio bien bistoment.

Et bé qué respoundras quand té direy enquerro,
Qué régretti souben aques milos poutous.
L'aousel canto toutjour, mais la flou din la serro,
Biou loungtemps és bertat, mais n'a plus sas cansous.

V. DELBERGÉ.

TABLE DES MATIÈRES

Rodez. — Imp. H. de Broca, boulevard Ste-Catherine,

www.ingramcontent.com/pod-product-compliance
Lightning Source LLC
Chambersburg PA
CBHW060821180626
46818CB00002B/905